Les Bureaux d'Hygiène

Des Bureaux d'Hygiène
et des rapports des Médecins praticiens
avec les Bureaux d'Hygiène

Par le Dr COURCHY
Attaché au Bureau d'Hygiène d'Ivry-sur-Seine

PARIS
A. MALOINE, ÉDITEUR
25-27, PLACE DE L'ÉCOLE-DE-MÉDECINE, 25-27
1912

LES BUREAUX D'HYGIÈNE

Des Bureaux d'Hygiène et des Rapports des Médecins Praticiens avec les Bureaux d'Hygiène

Genèse administrative des bureaux d'hygiène.
Rôle du médecin attaché au Bureau d'Hygiène.
Attributions.
Un médecin doit-il désirer être directeur du bureau d'hygiène ?
Le médecin de bureau d'hygiène doit-il faire de la clientèle ?
Rapport du médecin du bureau d'hygiène avec ses confrères.
Conclusions.

Par le Dr **COURGEY**,
Attaché au Bureau d'Hygiène d'Ivry-sur-Seine.

Genèse administrative des bureaux d'hygiène.

On sait combien la loi du 15 février 1902 a rencontré de difficultés dans son application et avec quelle lenteur se déroule la période de réalisation, d'organisation et de fonctionnement des Bureaux d'hygiène. On se demandait même, au début, si l'organisation hygiénique antérieure à cette loi, boiteuse dans son évolution, n'était point préférable aux hésitations, aux tâtonnements, aux obstacles suscités par la nouvelle législation sanitaire, et si celle-ci se substituerait à la première avec des avantages réels pour l'intérêt public.

Des lois spéciales, notamment celle du 5 avril 1884, donnaient déjà aux Préfectures des attributions qu'il fallait concilier avec celles que la loi du 15 février 1902 accordait aux municipalités. De grandes villes, comme Lyon, Bordeaux, Nice, etc., possédaient déjà des Bureaux d'hygiène avant cette loi ; il fallait s'adapter.

En ce qui concerne le département de la Seine, les deux Préfectures et les municipalités avaient le devoir de chercher un terrain d'entente, de façon à éviter des conflits de pouvoir et à faciliter sans heurts et sans retards administratifs l'exécution des lois et décrets sanitaires, à fixer l'étendue des pouvoirs des Bureaux d'hygiène et des départements, à déterminer la composition du personnel et la nomination des directeurs.

L'organisation des Bureaux d'hygiène dans les communes de la Seine devait avoir un régime particulier, et comme le dit la circulaire préfectorale du 1er août 1908, «l'action des Bureaux d'hygiène doit être forcément limitée par celle des services départementaux qui existaient antérieurement à la loi du 15 février 1902 et avaient été maintenus par la loi du 7 avril 1903 ».

D'ailleurs l'organisation spéciale du département de la Seine ne doit pas considérablement différer de l'organisation des autres départements, et les Bureaux d'hygiène des villes qui comptent plus de 20.000 habitants ne sauraient fonctionner d'une façon sensiblement différente ; sauf, toutefois, en ce qui concerne la question du personnel et la question financière, qui peuvent être résolues dans les communes de la Seine d'une façon plus avantageuse que dans celles des autres départements.

En effet, la Seine possède un service de désinfection départemental qu'il est difficile d'obtenir dans d'autres départements beaucoup plus étendus que celui de la Seine. La Préfecture de police et la Préfecture de la Seine possèdent également des laboratoires mis à la disposition des Bureaux d'hygiène des communes suburbaines, ce qui facilite singulièrement le rôle technique de ces Bureaux d'hygiène et allège les budgets communaux.

Néanmoins, il reste entre tous les Bureaux d'hygiène, quels qu'ils soient, des attributions communes, une organisation à peu près identique que nous nous proposons d'étudier au point de vue médical, en nous attachant spécialement à l'organisation du département de la Seine.

Dès le vote de la loi du 15 février 1902, certains maires ont adressé à la Préfecture un projet, approuvé par leur Conseil municipal, concernant l'organisation du Bureau d'hygiène de leur commune.

Ces divers projets ont été soumis à l'examen du Conseil d'hygiène, ainsi que le prescrit le décret du 3 juillet 1905.

Un rapport du Dr Vallin au Conseil d'hygiène publique et de salubrité de la Seine, en octobre 1907, citant Ivry comme modèle, donnait cette Ville comme possédant *paraît-il* (ce *paraît-il*, était nécessaire), un Bureau d'hygiène depuis 1903. Et, ce qui était exact, ce rapport parlait de la réorganisation de ce Bureau d'hygiène décidée le 30 juin 1906, et appliquée — sans médecin — le 1er janvier 1907.

Le Bureau d'hygiène problématique d'Ivry de 1903 n'avait d'autre but que de créer de toutes pièces une situation acquise et de faire nommer dans la suite, comme directeur, une *persona grata* municipale. Ce n'est point le lieu d'insister.

Quoi qu'il en soit, au Conseil d'hygiène départemental, des rapports furent rédigés, des discussions soulevées, des questions posées, au sujet de l'étendue des pouvoirs des Bureaux d'hygiène du Département de la Seine, de la composition du personnel, de la nomination des directeurs ; et ces questions furent portées à l'examen du ministère de l'Intérieur qui délimita les pouvoirs. Cette délimitation laissait aux Bureaux d'hygiène de la Seine les mêmes attributions qu'aux Bureaux d'hygiène du reste de la France, et se réservait certaines attributions d'administration préfectorale, notamment en ce qui concerne la procédure et les sanctions dérivant des questions concernant les logements insalubres, la distribution des eaux, l'inspection des denrées alimentaires, les travaux d'assainissement et d'aménagements sanitaires d'immeubles, les vaccinations et revaccinations, les établissements classés, etc.

Le professeur Thoinot, l'un des rapporteurs, disait à ce propos : «..... que là même où ils n'auront pas le plein de leurs attributions, les Bureaux d'hygiène des communes de la Seine ne seront, en réalité, nullement déchus, et leur rôle ne sera pas réduit à néant. Il sera secondaire, la loi l'a édicté ainsi, mais il restera encore de fort grande importance ; .... ils seront les mandataires locaux, les agents de renseignement et de surveillance sur place du Préfet de police, et les services qu'ils seront appelés à rendre en matière d'épidémie, de désinfection, etc., s'entendent d'eux-mêmes ».

La question de la direction des Bureaux d'hygiène a été envisagée, et considérant les services sanitaires rendus par les organisations communales antérieures dans les villes de plus de 20.000 habitants, le Conseil d'hygiène de la Seine, après avis du Président du Conseil, selon la circulaire préfectorale aux maires, du 1er août 1908, a pensé qu'il ne s'agissait pas en réalité et dans les circonstances susdites, de créer un Bureau d'hygiène absolument nouveau, mais qu'il s'agissait plutôt d'une transformation. La conséquence est que les Bureaux d'hygiène pourront être dirigés par ceux-là mêmes qui dirigeaient l'organisme sanitaire existant antérieurement au décret du 3 juillet 1905, et ces fonctionnaires se trouveront de ce fait dispensés de l'obligation de soumettre leurs titres au Conseil supérieur d'hygiène publique de France.

Mais tout en respectant les situations acquises, le Président du Conseil, ministre de l'Intérieur, examinant toujours les discussions qui se sont élevées au Conseil d'hygiène de la Seine, a insisté tout particulièrement sur l'importance que présente, au point de vue médical, le Bureau d'hygiène d'une grande ville. « Il lui a donc semblé indispensable, dit la circulaire du 1er août 1908, d'adjoindre au Directeur du Bureau d'hygiène, quand celui-ci n'appartiendra pas au corps médical, un médecin, qui sera, d'une part, le délégué technique du Bureau d'hygiène pour tout ce qui concerne l'application médicale de la loi et spécialement la lutte contre les épidémies, et, d'autre part, le collaborateur compétent qui secondera l'administration dans l'application de toutes les mesures qui ont pour but d'assurer le fonctionnement local des services que la loi lui confère. La liaison la plus complète serait faite entre les organismes départementaux et municipaux et l'hygiène publique y gagnerait un nouvel élément de sécurité inappréciable ».

La même circulaire préfectorale ajoute à ce propos que les maires auront à créer selon la population et la topographie de la Ville, un, deux ou plusieurs emplois de médecin de Bureau d'hygiène ; et, remarquons ce point sur lequel nous reviendrons : « ..... je ne verrais aucun inconvénient — dit le Préfet — à ce que ces médecins occupassent dans la commune d'autres fonctions se rapportant à la médecine publique. La situation qui leur sera ainsi assurée par la municipalité devra être suffisamment rémunératrice pour leur permettre de consacrer à leurs fonctions le temps et le soin nécessaires ».

Plus loin : «... Il ne vous échappera pas, Monsieur le Maire, que la solution que je viens de vous exposer ne saurait avoir qu'un caractère transitoire, et que le jour où ces postes deviendraient vacants, il sera nécessaire, pour la nomination des nouveaux titulaires, de suivre exactement la procédure organisée par le décret du 3 juillet 1905 et la circulaire ministérielle du 23 mars 1906..... vous seul, vous le savez, avez la liberté du choix et de la nomination ».

Rôle du médecin attaché au Bureau d'Hygiène.

Il est utile de donner en entier la description que, dans cette circulaire, la Préfecture fait du rôle du médecin attaché au Bureau d'hygiène.

« Le rôle de ce médecin, tout important qu'il doive être, est facile à délimiter ; sur lui reposera le soin de tirer de la loi de 1902 les résultats bienfaisants qu'on est en droit d'en attendre ; il sera le délégué technique du Bureau d'hygiène pour tout ce qui regarde la santé publique et plus spécialement la lutte contre les maladies transmissibles. A cet effet, le Directeur du Bureau d'hygiène lui communiquera les déclarations que votre mairie reçoit en vertu de la loi du 15 février 1902, ainsi que tous les signalements qui peuvent *être donnés par les particuliers* ; le médecin procédera alors aux enquêtes locales qu'il jugera nécessaires ; les cas de diphtérie et de variole devront être l'objet de son attention particulière. Sans s'immiscer dans le traitement des malades, il s'assurera que les conditions d'isolement nécessaires sont réalisées ; il vous indiquera les mesures locales qu'il jugerait utiles pour arrêter la contagion. Il veillera à la sécurité du voisinage de façon à prévenir, s'il y a lieu, les habitants du danger éventuel qu'ils peuvent courir, par exemple en cas de variole ; il leur donnera tous les conseils utiles avec l'autorité persuasive qu'il tirera de son titre officiel que renforcera encore sa qualité d'*habitant de la commune.* Il recherchera avec soin l'étiologie et la filiation des cas, s'attachera à remonter aux origines, *relèvera toute erreur qui aurait pu être constatée dans la prophylaxie antérieure* de façon à prévenir le retour de pareils accidents. Il recherchera avec le plus grand soin *si quelques cas n'ont pas fait l'objet des déclarations exigées par la loi* et, par l'intermédiaire du Directeur du Bureau d'hygiène, ne manquera pas de m'en prévenir. Il s'assurera que les désinfections qui n'auraient pas été effectuées par le service départemental ont été faites conformément aux dispositions arrêtées par le Ministre de l'Intérieur. Il serait désirable qu'il envoyât par votre intermédiaire au service des épidémies (2e division), pour chacun des malades qu'il aura visités un bulletin, dont je vous fournirai le modèle : ce service pourra être tenu au courant jour par jour de la marche des maladies transmissibles dans toutes les communes de la Seine. Ce médecin surveillera la rédaction de la statistique des maladies, de la mortalité, etc. Il sera un collaborateur éclairé des Commissions d'hygiène d'arrondissement pour tout ce qui touche aux logements insalubres et à leurs dépendances. L'expérience montrera d'ailleurs comment le rôle du médecin du Bureau d'hygiène pourra être ultérieurement étendu. D'ores et déjà, il demeure acquis que, tout en étant et demeurant un agent municipal, il devra sous votre autorité sa collaboration au service départemental de ma préfecture. Aussi vous prierai-je de bien vouloir ne procéder à sa nomination qu'après entente avec mon administration, entente qui devra porter tant sur le choix des titulaires que sur le nombre des postes à créer ».

Ainsi donc, voilà le rôle de médecin de Bureau d'hygiène nettement défini, et l'organisation de ces Bureaux bien établie par les circulaires du 23 mars 1906 et 1er août 1908.

Faisons remarquer, tout d'abord, que ce médecin est un fonctionnaire, nommé par la préfecture après examen des titres et approbation du Conseil supérieur d'hygiène, et après — ceci est capital — le choix fait par le maire.

Les Bureaux d'hygiène sont donc des organisations municipales ; leur personnel, directeur, médecins, agents techniques, administratifs, employés, sont des fonctionnaires, et l'on peut dire d'ores et déjà que cette organisation pèche par la base. Il est facile, en effet, de se rendre compte que tous ces rouages sanitaires manquent de l'indépendance nécessaire à un fonctionnement utile et complet, qu'ils sont soumis aux fluctuations du suffrage universel, qu'ils subissent l'influence électorale, et que les mesures prises, les procès-verbaux dressés, les initiatives nécessaires, indispensables, les progrès sanitaires, sont, malgré le beau rôle qui est assigné aux Directeurs et aux médecins, à la merci d'une amitié, d'une rancune, d'un désir ou d'une crainte d'élu, et se heurtent à l'inertie, à l'incompréhension et à la parcimonie des municipalités.

Tant que ces organismes seront municipaux, ils ne rendront jamais les services qu'ils sont appelés à rendre ou qu'ils devraient rendre, car ils sont dépourvus de sanctions effectives. Point de bonne hygiène tant qu'elle sera municipalisée, c'est-à-dire sous la dépendance directe d'élus.

En ce qui touche les médecins, si l'on s'en rapporte aux termes mêmes de la circulaire du 1er août 1908, on voit que l'administration pense que le médecin aurait avantage à être un praticien habitant la commune ; et, en cela, on ne peut que lui donner pleinement raison.

On voit aussi que ce médecin relèvera dans ses enquêtes toute erreur qui aurait pu être constatée dans la prophylaxie antérieure, ce qui nous paraît extrêmement délicat et difficile à établir ; car, qui connaît les intentions du médecin traitant, ses efforts parfois inutiles pour obtenir l'isolement, par exemple ; les difficultés qu'il a rencontrées, les doutes qui l'ont envahi ? Pour le signaler comme ayant commis une erreur, il faudrait vraiment que cette erreur fût bien grossière et bien dangereuse pour la santé publique ; et, par ailleurs, un jugement porté sur sa manière de faire risquerait fort d'être faux, injuste ou tendancieux. C'est dans ces circonstances qu'il faut un doigté délicat et que de bons rapports confraternels sont nécessaires entre confrères.

Il en est ainsi du signalement des cas où il n'y aurait pas eu de déclaration exigée par la loi de la part du médecin traitant.

Jusqu'à ce que cette loi soit mise au point, et que l'accord soit fait entre les médecins et les pouvoirs publics en ce qui concerne le mode de déclaration, il sera extrêmement difficile au médecin du Bureau d'hygiène de signaler directement à l'administration ou indirectement par le Directeur du Bureau d'hygiène, les cas non déclarés.

Quoi qu'il en soit, dès l'apparition de la circulaire préfectorale du 1er août 1908, les Bureaux d'hygiène existants se mirent en devoir de s'y conformer.

A cette époque dans le département de la Seine leur nombre s'élevait à seize ; ce nombre tend à s'accroître au fur et à mesure du développement de la population des villes suburbaines. Déjà

Issy-les-Moulineaux et Montrouge sont dans l'obligation de créer un Bureau d'hygiène, et d'autres communes sont sur le point de tomber sous cette obligation.

Attributions.

Nous venons de voir la marche lente et pénible suivie administrativement pour arriver à l'organisation des Bureaux d'hygiène.

Il n'est pas inutile, avant de faire l'examen critique de certaines questions relatives aux Bureaux d'hygiène, en se plaçant au point de vue médical ; — avant d'examiner les difficultés du rôle de médecin de ces organisations et celles de ses rapports avec les confrères praticiens, d'établir la liste succincte des attributions d'un Bureau d'hygiène.

1° Mesures sanitaires concernant les individus :

a) Contrôle de l'exécution du règlement sanitaire municipal ;

b) Réception des déclarations des cas de maladies transmissibles.

Enquêtes préliminaires sur l'origine et l'étiologie des cas. Contrôle de l'isolement. Mesures de prophylaxie. Enquêtes au sujet des déclarations non effectuées. Avis à donner des cas signalés à toutes les autorités qui peuvent être intéressées à les connaître : Ecoles, service des eaux, assistance publique (hôpitaux), pompes funèbres, médecins de l'état-civil, service départemental de désinfection, etc.

c) Vaccination ou revaccination obligatoires.

Etablissement des listes. Organisation des séances. Etablissement des listes des réfractaires. Signalement aux maires des communes intéressées en cas de départ des assujettis, etc. ;

d) Service de désinfection.

Surveillance locale de la désinfection en cours de la maladie. Contrôle de la désinfection privée.

e) Surveillance des hôtels loués en garni.

Signalement à la police des locaux insalubres et des infractions à l'ordonnance de police du 1er juillet 1905 (ordonnance rapportée par celle du 19 octobre 1908).

f) Statistique des cas de maladies contagieuses.

2° Mesures sanitaires concernant les immeubles :

a) Contrôle de l'exécution du Règlement sanitaire municipal, dans ses parties relatives à la salubrité des immeubles.

Délivrance des permis de construire. Assainissement des immeubles insalubres. Ventilation et chauffage des locaux. Alimentation en eau potable. Evacuation des matières usées.

b) Surveillance des eaux d'alimentation provenant des puits (avec le concours du service d'inspection des denrées alimentaires et des laboratoires de la préfecture de la Seine et de la préfecture de police) ;

c) Surveillance des fosses d'aisance, puisards, bétoires ;

d) Casier sanitaire des immeubles.

3° Mesures concernant la voie publique :

a) Entretien et aménagement de la voie publique. Plans et devis pour la construction des égouts, des caniveaux, etc.

b) Nettoyage et arrosage. Contraventions au règlement sanitaire ;

c) Contrôle des distributions publiques d'eau potable, des égouts, etc. ;

d) Carte sanitaire des communes.

4° Service médical de l'état civil :

a) Constatation des naissances et des décès ;

b) Statistique démographique.

5° Hygiène de l'enfance :

a) Loi du 23 décembre 1874 ; inscription des nourrices.

Déclaration de placement, de retrait, de changement de résidence des nourrices. Création de commission locale.

b) Contrôle de la qualité du lait pour l'alimentation infantile, d'accord avec les services vétérinaire et d'inspection des denrées alimentaires.

c) Consultations de nourrissons. Gouttes de lait. Crèches (création ou développement).

6° Hygiène scolaire.

7° Hygiène alimentaire :

a) Surveillance des abattoirs ;

b) Inspection de la salubrité des aliments. Signalement au service d'inspection des denrées alimentaires et au service vétérinaire.

8° Police sanitaire des animaux :

Réception des déclarations de maladies contagieuses et application de la loi du 21 juin 1898.

9° Surveillance des établissements classés.

Enquêtes de *commodo* et *incommodo*. Surveillance de l'exécution des arrêtés d'autorisation. Indication des établissements susceptibles de classement.

On voit combien nombreuses, combien complexes, combien variées et toutes importantes sont les questions à traiter et à envisager par un bureau d'hygiène. Presque toutes concernent directement le médecin.

Les attributions 4°, 5°, 6°, 7°, 8°, 9° sont *facultatives*.

Le Préfet de Police, dans l'intention de définir petit à petit et d'établir progressivement les *attributions médicales* des Bureaux d'hygiène, adressait aux maires, en date du 29 décembre 1910, une circulaire dont voici un extrait :

«..... Ma circulaire du 1er août 1908, à laquelle je vous prie de vous reporter, spécifiait les attributions des médecins attachés aux Bureaux d'hygiène en ce qui touche spécialement la lutte contre les maladies transmissibles.

« Comme je m'y étais engagé, j'ai l'honneur de vous adresser sous ce pli un certain nombre de bulletins destinés à recevoir le résultat des enquêtes poursuivies par les soins des médecins du Bureau d'hygiène.

Dès qu'un cas des affections suivantes : fièvre typhoïde (1), variole (3), typhus exanthématique (2), scarlatine (4), diphtérie (6), suette miliaire (7), choléra ou maladie cholériforme (8), dysenterie (11), méningite cérébro-spinale (13), lui sera signalé, le Directeur du Bureau d'hygiène devra établir une de ces fiches et la faire parvenir dans le plus bref délai au médecin du Bureau d'hygiène. L'enquête sur place à laquelle se livrera ce fonctionnaire devra être menée très rapidement et la fiche dûment remplie sera retournée au Directeur du Bureau d'hygiène qui me la fera parvenir (2e division), le jour même de sa réception, après avoir pris note des renseignements portés au verso et qui ont trait à la salubrité de l'immeuble habité par le malade. Ces renseignements lui permettront de procéder aux enquêtes prescrites par la loi du 15 février 1902 en ce qui concerne les immeubles insalubres et d'établir le casier sanitaire de votre commune.

« Mon administration se chargera de prescrire toutes les mesures prophylactiques que le médecin du Bureau d'hygiène aura signalées.

« En ce qui concerne l'eau d'alimentation, les services de ma préfecture sont à votre disposition pour faire les prélèvements et les analyses nécessaires. Il suffira d'indiquer les points sur lesquels vous désirez que les eaux soient analysées.

« J'insiste, en terminant, sur l'importance que j'attache à ce que ces fiches soient rédigées de la façon la plus complète, et je vous prie d'attirer spécialement sur ce point l'attention des médecin du Bureau de votre commune ; j'attends de leur zèle et de leur compétence les meilleurs résultats dans la lutte que nous entreprenons de concert contre la propagation des maladies contagieuses ».

Nous pouvons maintenant établir exactement et complètement la nature des fonctions d'un médecin de Bureau d'hygiène, afin de connaître tous les points susceptibles d'être critiqués et examinés, ceux qui appellent la plus grande attention, qui exigent le plus de soins dans l'exercice de ces fonctions, ceux qui font le mieux comprendre le rôle délicat imposé au fonctionnaire vis-à-vis ses confrères. Il nous reste à trancrire la série des questions posées sur la fiche à remplir au sujet des maladies transmissibles précitées, fiche qui doit être transmise sans retard à la Préfecture. Nous aurons ainsi tous les documents en main.

Bureau d'hygiène de...

Maladie n° .... date de la déclaration : ....
Nom, adresse :
Profession, âge :
Le malade est-il soigné à domicile ?
Si oui, l'isolement est-il suffisant ?
S'agit-il d'un garni ?
La désinfection en cours de maladie est-elle opérée ?
Par qui ?
Date du début de la maladie :
Comment le malade a-t-il été contagionné ?

A-t-il provoqué des cas secondaires ?

Adresse de la crèche, de l'école, de l'atelier qu'il fréquente :

Y a-t-il des mesures à prescrire ? Lesquelles ?

Au verso :

Comment l'immeuble est-il alimenté en eau potable ?

Présente-il des causes apparentes d'insalubrité Lesquelles ?

Observations.

Date, signature.

On peut voir par cette série de questions très bien posées, il faut le reconnaître, très utiles, indispensables, combien ce contrôle — car c'en est un — est malaisé et peut devenir pénible pour un médecin vis-à-vis ses confrères.

Mais nous reviendrons plus loin sur cette fiche et nous allons examiner méthodiquement cette grosse question des Bureaux d'hygiène, présenter quelques considérations générales au point de vue médical, et l'examiner surtout au point de vue des rapports avec les confrères.

Un médecin doit-il désirer être directeur du Bureau d'hygiène ?

Nous abordons de suite cette question, parce qu'elle est toujours à l'ordre du jour dans le corps médical, qu'elle préoccupe à juste titre.

Les médecins ne comprennent guère que l'administration, même avec les raisons parfois sérieuses et suffisantes qu'elle a de respecter les situations acquises, tolère une personnalité non médicale à la tête d'un Bureau d'hygiène. Pourtant, le respect des situations acquises ne saurait être condamné de parti pris, autrement il n'y aurait aucune sécurité dans les emplois et les fonctions. Nous admettons bien volontiers, et nous pourrions en donner des exemples, que ce respect s'adresse parfois à des situations qui ne sont ni bien acquises ni bien remplies, mais il ne faut envisager que le principe ; nous le croyons excellent, quoique certains médecins se fatiguent dans l'attente du changement, en face de ces situations acquises. Ils oublient que leur tour viendra, qu'ils éprouveront même des difficultés à garder une situation acquise, et que toute fonction bien remplie doit être considérée, ainsi que le dit Auguste Comte, comme une propriété.

Mais, passons, et remarquons que la circulaire du 1er août 1908 constate la nécessité de la présence d'un médecin dans un Bureau d'hygiène, et que le Ministère de l'Intérieur exige ce médecin des municipalités, qui, jusque-là, pensaient différemment.

A bien considérer, l'administration tient grand compte du rôle médical dans le Bureau d'hygiène, d'autant plus qu'elle a nettement manifesté l'intention de mettre un médecin à la tête des Bureaux d'hygiène dès qu'une vacance se produira.

D'ailleurs, chaque ville qui crée un Bureau d'hygiène choisit comme directeur un médecin remplissant les conditions imposées par le Ministère de l'Intérieur. Ce peut être un médecin habitant la ville, ou s'il n'en est point qui veuille accepter ou qui possède les titres requis, un étranger. On sait par les nombreuses expériences faites, que les municipalités et les médecins du Bureau d'hygiène ne s'entendent guère, qu'il y a mécontentement réciproque, malaises, difficultés, puis rupture de contrat ; surtout si le médecin, venant du dehors, n'a point l'agrément de la municipalité, trouve son traitement insuffisant pour vivre, se heurte aux confrères s'il trouve le moyen et le temps de faire un peu de clientèle, etc. Un médecin directeur, à moins de posséder une fortune personnelle, ne saurait se contenter du traitement minime institué actuellement par les municipalités, et se trouvant d'autre part dans l'impossibilité de faire face à une clientèle même restreinte, il quitte le poste et reprend son indépendance.

On a vu par l'exposé des attributions du Bureau d'hygiène quelles sont les occupations multiples, incessantes, encombrantes qui incombent au Directeur et au médecin. Le côté médical occupe beaucoup, mais infiniment moins que le côté administratif, très chargé, très compliqué, qui est le côté principal de l'organisme.

Et comme le médecin n'a pas l'esprit administratif, que c'est contraire à son tempérament, à son éducation, à ses goûts, il s'ensuit que plutôt que de mal remplir son rôle, il l'abandonne et laisse la place à un autre. Nous pensons que le médecin a raison ; car sans nous donner comme un administrateur, nous nous sommes entendu dire par des confrères que nous avions l'esprit trop administratif : ils ne mettaient aucune ironie ni aucun reproche dans leur dire, mais voulaient tout simplement faire entendre par là combien il était loin de leur conception qu'un médecin pût avoir l'esprit administratif.

C'est donc un fait acquis. Le médecin n'étant pas administrateur, nous ne le voyons guère à la tête d'un Bureau d'hygiène, même avec un agent administratif. Car il faut néanmoins, et malgré cet agent, qu'il soit au courant d'une paperasserie qui ne le cède en rien à celle de toutes nos administrations ; qu'il se débrouille dans le chaos des lois, décrets et ordonnances, qu'il soit architecte, vétérinaire et chimiste un peu ; il faut qu'il paraisse devant certains tribunaux, qu'il défende les procédures engagées, qu'il dresse des procès-verbaux, des contraventions, des sommations, qu'il surveille les travaux qu'il est dans la nécessité de faire exécuter d'office, etc.

Et rien que pour un caniveau d'eaux ménagères à faire installer dans un immeuble par un propriétaire, il faut mettre en branle les conseils d'hygiène municipaux, d'arrondissement, voire même le Conseil d'hygiène départemental, adresser des rappels, provoquer des réunions, des rencontres avec les délinquants, correspondre pendant des mois avec la Préfecture, et lorsque au bout d'un an, dix-huit mois et parfois deux ans, le dossier d'une seule et simple affaire, bien bourré de documents, en est sur le point d'aboutir, il arrive que l'immeuble a été vendu, que les divers pavillons dont chacun avait besoin du même caniveau échoient chacun à un nouveau propriétaire, et qu'il faut recommencer entièrement et contre chacun d'eux la même procédure !

Recommencer aussi cette procédure parce que la personne indiquée sur le registre matricule des contributions n'était pas le vrai propriétaire, parce qu'il y avait une séparation de corps et de biens ignorée, parce qu'il y avait dissimulation quelconque de propriétaire ; tout cela, parce que la loi du 15 février 1902 n'a pas prévu ces cas.

Nous apprenons, il est vrai, qu'un projet de loi va être déposé par M. Paul Strauss, et simplifiera cette procédure qui s'adresserait, non au propriétaire de l'immeuble, mais à l'immeuble lui-même.

Sans compter les propriétaires de mauvaise foi qui se refusent à exécuter les travaux pressants de réparations de fosses d'aisance, et qui vont jusqu'au Conseil d'Etat pour le plaisir de protester. Sans compter les récriminations non justifiées adressées par les citoyens au maire et qui atteignent le Directeur.

Et comme dans une ville d'une certaine importance ces dossiers peuvent atteindre un chiffre élevé, on voit, rien que pour des travaux sanitaires à imposer aux immeubles, combien il y a de quoi décourager à jamais n'importe quel médecin directeur ; à moins qu'il n'ait le tempérament spécial de la chicane et de l'administration.

Le médecin, attaché et non directeur, n'a point la responsabilité de cette grosse affaire administrative. Le côté purement médical qui lui incombe comporte déjà suffisamment de responsabilités et de difficultés, comme nous le montrerons plus loin.

D'ailleurs le rôle des médecins simplement attachés et non directeurs, n'en est pas moins le plus important. Le médecin remplit le rôle principal : il est consulté ; il donne son avis, ses conseils, en dehors de la question purement médicale, dans les opérations du Bureau d'hygiène ; car toutes ces opérations touchent par quelque côté à l'hygiène ; mais pour lui, néanmoins, la bureaucratie est réduite et simplifiée.

C'est, du reste, dans ce sens que fonctionne le service hygiénique de la 2e division à la préfecture. Chefs administratifs, sous-chefs, chefs techniques, chefs de laboratoire, médecins du Conseil d'hygiène de la Seine et médecins des épidémies, agissent de concert et d'accord, et ce sont les médecins, qui, en résumé — et sans l'être pourtant — sont les vrais directeurs par leur rôle prépondérant.

Nous pensons donc que le médecin ne doit pas se livrer à la recherche d'un poste de Directeur de Bureau d'hygiène. C'est un poste qu'il est à craindre de ne pas voir de longtemps rétribué à sa valeur, qui présente de fréquentes occasions de dépenses, qui exige beaucoup de temps et de démarches et ne laisse pas de place à la clientèle.

Que le médecin soit attaché à un Bureau d'hygiène dans certaines conditions d'indépendance, c'est déjà une fonction assez lourde de responsabilité et assez chargée de travail pour lui.

Quant à exercer cette fonction à tour de rôle, comme on le demande dans certains milieux médicaux, c'est une chose à laquelle il ne faut point songer au point de vue administratif.

Ce que nous venons d'exposer à ce sujet suffit à le faire comprendre ; et d'ailleurs, il y a lieu de penser que l'administration s'y montrera toujours réfractaire

Il n'en serait pas de même de l'exercice des fonctions de médecin attaché au Bureau d'hygiène. A la rigueur, les médecins d'une ville — comme cela se pratique dans de rares communes — pourraient remplir ces fonctions à tour de rôle, quoique cette façon de procéder présenterait certains inconvénients et peu d'avantages pour chacun d'eux, surtout si les médecins étaient nombreux dans la localité et que tous voulussent bien prêter leur concours à la municipalité

Et pour dire toute notre pensée, nous estimons même que le service par roulement, — les médecins étant directeurs ou attachés — ne donnerait pas de résultats bien satisfaisants. Un contrôle réciproque est une source de susceptibilités ; et la responsabilité ne pouvant être réelle qu'autant qu'elle reste personnelle et continue, le contrôle alterné supprimerait ou tout au moins affaiblirait considérablement cette responsabilité. De plus, dans bien des questions et organisations en cours d'étude ou d'exécution, dans les conseils municipaux d'hygiène, il serait peut-être préjudiciable à la marche des affaires et à la surveillance sanitaire que des voix différentes soient entendues séparément sur le même sujet, qu'une ligne générale d'idées et de conceptions hygiéniques soit interrompue, qu'on ne tombe, en un mot, dans le gâchis et même l'anarchie hygiénique et sanitaire. Nous ne voudrions pas avoir l'air de prêcher *pro domo nostra* parce que nous sommes pour l'instant attaché à un Bureau d'hygiène, mais nous donnons notre façon de pensée et notre manière de voir précisément d'après la pratique que nous avons déjà de cette fonction.

C'est pourquoi nous avons donné, à différentes reprises, à des confrères amis sollicités par des municipalités assujetties à la création d'un Bureau d'hygiène, le conseil désintéressé de ne point accepter les fonctions de directeur ou d'attaché, à moins de renoncer à leur clientèle et de se contenter de peu, pour beaucoup de travail et de responsabilité, s'ils voulaient remplir convenablement ou honnêtement ces fonctions

Le médecin de Bureau d'hygiène doit-il faire de la clientèle ?

La réponse à cette question découle de nos remarques précédentes : non, le médecin de Bureau d'hygiène — qu'il soit directeur ou simplement attaché — ne doit pas faire de clientèle.

D'ailleurs, s'il est décidé comme il convient, à se dévouer entièrement à ses fonctions, il ne le pourrait pas. Le choix entre la clientèle et l'hygiène est inévitable pour lui ; autrement ce serait des conflits constants avec les confrères de la région. La situation particulièrement délicate résultant du contrôle à exercer vis-à-vis de ses confrères le gênerait considérablement dans l'accomplissement de son devoir. Il se trouverait constamment en passe d'opter entre son devoir et son intérêt, poussé peut-être à déplaire, sinon à nuire, à celui-ci, à ménager celui-là, hésitant là où il faut de la résolution, atermoyant là où la décision s'impose. Déjà obligé de ménager dans une certaine mesure les intérêts électoraux de la municipalité, il se trouverait dans l'impossibilité de faire besogne sérieuse et utile. N'acceptant pas les responsabilités, les rejetant sur d'autres pour ne point se créer d'ennuis, il mettrait en pratique cette maxime néfaste de notre époque : « pas d'histoires, mettons-nous à couvert..... », non pas que nous supposions le moins du monde les médecins peu scrupuleux, encore moins malhonnêtes — car nous avons toujours dit qu'ils dépassaient largement la moyenne morale de notre temps — mais parce qu'ils se trouveraient entraînés par faiblesse, par indifférence, par indulgence quelquefois, par bonté souvent, à un laisser-aller déplorable au point de vue de l'intérêt général et à de légers compromis avec leur conscience.

La fermeté dans les sanctions leur manquerait plus qu'à tout autre, étant trop en contact avec les intéressés et nullement indépendants. C'est humain, et nous ne faisons pas injure au corps médical en faisant cette supposition, parce qu'il n'a pas et n'aura jamais l'esprit administratif, répétons-le. Et alors se pose le gros problème de faire de l'hygiène publique une carrière distincte para-médicale !

Certaines municipalités font appel à un médecin quelconque pour le placer à la tête d'un Bureau d'hygiène, même là où ce Bureau est inutile et non obligatoire, lui instituer un traitement, lui donner les charges communales, lui créer une situation, pour l'opposer d'emblée à ses confrères et en faire un agent communal et politique. C'est une situation qui ne saurait être tolérée par l'administration supérieure ni acceptée par un médecin.

D'autres, afin de réaliser des économies, invitent leur médecin du Bureau d'hygiène obligatoire, à faire de la clientèle. De là, de justes réclamations de la part des confrères ou des conflits toujours. Le Directeur de l'hygiène au Ministère de l'Intérieur n'a pas résolu la question ; et, à l'heure actuelle, rien n'empêche un médecin de Bureau d'hygiène de faire de la clientèle. Mais nous répétons qu'il ne doit pas en faire et qu'il ne peut pas en faire. Nous avons vu dans la circulaire préfectorale du 1er août 1908 que le Ministre de l'Intérieur ne voyait aucun inconvénient à ce que les médecins attachés au Bureau d'hygiène occupassent dans la commune d'autres fonctions se rapportant à la médecine publique, — et il n'est point question de clientèle.

Nous répétons donc que les médecins directeurs ou attachés ne doivent pas faire de clientèle, mais qu'ils peuvent remplir certaines fonctions de médecine publique qui leur permettent d'obtenir un total d'honoraires convenable.

Parmi les fonctions de médecine publique, il en est que ces médecins ne pourraient remplir sans inconvénients. Ainsi, nous pensons que celle de médecin de l'état-civil qui est une fonction de contrôle à tous les points de vue, ressort directement du Bureau d'hygiène. Il en est de même de celles de médecin des crèches, de médecin inspecteur des écoles, des nourrissons et des gouttes de lait.

En tout état de cause, il serait préférable que le médecin d'un Bureau d'hygiène eût un traitement suffisant qui lui permît de se consacrer en toute indépendance à ses fonctions, tout en ayant des rapports constants, complets et courtois, avec les confrères qui remplissent les autres fonctions de médecine publique.

Rapports du médecin du Bureau d'hygiène avec ses confrères

Il nous reste à examiner les rapports des médecins de Bureau d'hygiène avec leurs confrères. Nous supposons que ce médecin ne remplit aucune fonction de médecine publique et qu'il est installé dans une ville où il y a des confrères d'abord — ce qui existe partout, — puis un service d'inspection médicale des écoles, d'inspection des nourrissons, un dispensaire, une consultation de nourrissons avec gouttes de lait, un service de constatations de naissances et de décès, des crèches, des voitures d'ambulance pour le transport des malades et des blessés, et un service de désinfection.

Si nous pouvions supposer aussi que tous les médecins déclarent et se conforment à la loi, tout serait parfait, et bien des difficultés ne surgiraient point ; mais malheureusement, il n'en est pas ainsi, pour bien des raisons dont la principale, nous l'avons déjà dit, vient de ce que la loi rendant la déclaration obligatoire n'est pas et ne peut pas être acceptée des médecins telle qu'elle est actuellement formulée. Ensuite, les médecins déclarent mal, croient déclarer ou déclarent trop tard, conditions qui rendent la déclaration souvent inefficace et les mesures de désinfection inutiles.

Il est presque inutile de dire que le médecin du Bureau d'hygiène, quel qu'il soit, doit rester en bons rapports sociaux et même amicaux avec ses confrères, et ce lui sera d'autant plus facile qu'il ne fera pas de clientèle. La confiance réciproque est nécessaire, et leur concours lui est indispensable. Aussi fera-t-il partie des associations, des amicales et des syndicats locaux et régionaux. C'est même dans la fréquentation de ses confrères qu'il puisera les renseignements complémentaires de sa fonction. C'est avec ses confrères qu'il s'entendra sur les mesures à prendre dans les circonstances difficiles, qu'il soutiendra des questions épineuses soulevées, qu'il dissipera les malentendus, et qu'il organisera la véritable défense sanitaire.

Etat civil. — Le service de constatation des décès peut mettre sur la trace de maladies transmissibles dissimulées, qui n'ont pu être déclarées parce qu'il n'y a pas eu de soins médicaux donnés ; ou qui ne l'ont pas été par négligence, oubli ou respect excessif des intérêts matériels des familles.

Combien d'épiciers, de boulangers, de petits commerçants de toutes sortes, dont un enfant a la scarlatine,la variole ou la diphtérie,supplient leur médecin de ne pas le déclarer dans la crainte de voir échapper une partie de la clientèle ? Quelques médecins écoutent ces supplications et mettent leur conscience à l'abri en faisant faire de l'isolement et la désinfection par les familles. Mais a contagion se propage — non par la faute du médecin, car le seul moyen prophylactique efficace serait la fermeture immédiate de la boutique pendant un certain temps — et alors il devient extrêmement difficile de connaître l'origine de certains cas nouveaux, si l'on ignore le premier. Bien souvent des enfants sont contagionnés à la suite d'une visite faite chez le boulanger ou l'épicier suspect.

Il arrive que le médecin de l'état civil constate un décès par diphtérie dans une famille, où il y a d'autres enfants, où aucune mesure de désinfection n'a été prise, ni aucune déclaration faite.

Ces quelques observations suffisent à montrer quelles relations étroites il y a entre le service de l'état civil et les Bureaux d'hygiène, et quel intérêt il y a à ce que ce rôle de contrôleur des confrères au point de vue hygiénique et au point de vue de l'examen des causes de la mort soit confié à un médecin indépendant.

Tout en réparant le mal, tout en prenant d'office certaines mesures, le médecin du Bureau d'hygiène constatant lui-même ou prévenu par le médecin de l'état civil, dont ce sera le devoir strict, saura mettre à couvert le médecin en défaut et sauvegarder l'intérêt général — à moins que des faits absolument graves ne l'obligent à révéler ce qu'il a été amené à découvrir. Nous estimons que, dans l'occurrence, les intérêts de tous seront mieux ménagés s'il n'y a point d'intermédiaire, c'est-à-dire si le médecin du Bureau d'hygiène est en même temps médecin de l'état civil. Là où chaque médecin constate ses décès, il n'y a de contrôle et de surveillance que par le médecin traitant lui-même.

Inspection des nourrissons, dispensaires, gouttes de lait, transports à l'hôpital. — Ces divers services n'offrent aucune difficulté en ce qui concerne les rapports de ceux qui les détiennent avec le Bureau d'hygiène. Celui-ci est régulièrement tenu au courant de l'état des nourrissons par le médecin inspecteur, la visiteuse appointée et les dames visiteuses. Le Bureau d'hygiène surveille les autres services en tenant compte des observations faites par les confrères au sujet des aménagements, des améliorations et des désinfections désirables qu'il y a lieu de faire.

Service de désinfection. — Ce service étant départemental, divisé en diverses sections avec poste de désinfection et chef de poste, surveillé par les médecins inspecteurs des épidémies, ne concerne que secondairement le Bureau d'hygiène, et le médecin n'a qu'à recevoir les observations qui pourraient lui être faites pour être transmises à qui de droit, par les confrères, à propos du fonctionnement du service dans leur clientèle ; donc rapports très faciles avec les confrères.

Les médecins n'ignorent pas que le chef de poste est chargé de contrôler les désinfections faites par les familles sur les indications de leur médecin ; de s'assurer qu'elles ont été dûment faites dans les conditions techniques requises, et par des procédés et appareils autorisés.

Crèches. — Tant vaut la surveillance, la direction, la tenue d'une crèche, tant vaut la crèche : bienfaisante ou malfaisante. Nous n'apprenons rien de nouveau aux médecins sur cette institution que nous n'avons pas à apprécier ici. Pour peu que la surveillance se relâche, la crèche devient foyer de contagion et reste fermée la plupart du temps.

Nous supposons que la crèche, surveillée par le médecin inspecteur des nourrissons, le soit quotidiennement par un médecin local non attaché au Bureau d'hygiène. Les rapports entre ces médecins et le Bureau d'hygiène ne peuvent qu'être des plus commodes. Le médecin de la crèche avertit le Bureau d'hygiène dès qu'un cas de maladie transmissible se déclare ; on ferme ; on désinfecte ; on laisse rentrer dans les délais réglementaires ; et tout se passe correctement et hygiéniquement, si aucune influence extra-médicale ne vient protester contre les licenciements répétés, mais nécessaires, ou critiquer les mesures prises par des médecins.

Ecoles. — L'inspection médicale des écoles, organisée dans le département de la Seine, est faite, à Paris, par des médecins inspecteurs nommés au concours.

Les médecins inspecteurs de la banlieue nommés par le préfet sur une liste de présentation de la délégation cantonale ont forcément des rapports avec le service médical du Bureau d'hygiène, et ces rapports sont même fréquents et assez compliqués.

Si le médecin traitant ne déclare pas toujours, il arrive que le Bureau d'hygiène reçoit des notes, des lettres, soit d'un directeur d'école signalant un enfant absent atteint de fièvre typhoïde ou de scarlatine et demandant ce qu'il y a lieu de faire, soit de parents ou de voisins qui dénoncent une maladie transmissible avant que le médecin traitant ne l'ait déclarée, ou avant que l'enfant, ayant été transporté à l'hôpital sans avoir vu de médecin, l'administration de l'Assistance publique n'ait prévenu la Préfecture qui, à son tour, préviendra le Bureau d'hygiène, à fin d'enquête.

Mais le Bureau d'hygiène, à moins de circonstances particulières, ne peut guère se livrer à une enquête que s'il y a déclaration du médecin traitant. Sinon, il s'expose à faire fausse route sur des indications n'offrant aucune certitude, aucun caractère médical et ne pouvant être considérées comme des déclarations régulières.

Une absence d'enfant à l'école n'est pas forcément causée par la maladie, quoiqu'on donne comme motif de cette absence (c'est parfois l'enfant lui-même) une maladie quelconque. Nous pensons pourtant que si les directeurs d'école avaient avec les parents la franchise postale qui devrait leur être accordée, de façon à pouvoir avertir les mairies des absences et de leurs causes probables, puis qu'un service spécial d'enquête soit fait, on arriverait facilement et rapidement à démasquer les petits menteurs faisant l'école buissonnière ou autre chose, mais surtout à dépister les cas de maladies contagieuses dès leur origine ; et il serait alors possible de prendre aussitôt des mesures qui, dans ces conditions, offriraient des garanties prophylactiques sérieuses.

Mais revenons au Bureau d'hygiène, dont le devoir est d'agir dans les cas signalés, soit par les médecins traitants, soit par la Préfecture d'après les renseignements hospitaliers.

Qu'arrive-t-il ? 1° un enfant (il en est de même pour les adultes), est suspect de fièvre typhoïde, de scarlatine, de diphtérie, etc. Le médecin, sans faire de déclaration, l'adresse à l'hôpital, qui prévient la Préfecture, qui prévient le Bureau d'hygiène de la commune habitée par le malade, et le Bureau d'hygiène agit, avec des retards souvent considérables ; 2° le malade a été transporté par la voiture d'ambulance municipale sur un bulletin du médecin traitant. Ce bulletin peut être muet ou relater la maladie, mais le Bureau d'hygiène n'en est pas prévenu, régulièrement du moins : de là des atermoiements et encore des retards ; 3° d'autre part, certains médecins adressent à la mairie un certificat de désinfection qui leur paraît remplir l'office de bulletin de déclaration. Mais la déclaration n'ayant pas été adressée à la Préfecture, le Bureau d'hygiène peut se demander s'il y a lieu à enquête. Il ignore même parfois de quelle maladie contagieuse il s'agit, et se demande quelle conduite il doit tenir au sujet des précautions à prendre dans les écoles, les crèches, etc. ; 4° d'autres médecins, pensant suffisantes les mesures qu'ils font prendre en cours de maladie, font leur déclaration en fin de maladie ou les font en bloc, à la semaine, ce qui rend la prophylaxie absolument illusoire.

C'est bien avec raison que l'on trouve les désinfections inutiles, les précautions d'isolement vaines ; mais si elles le sont, c'est parce que ces désinfections ne sont point faites, ni les précautions prises à temps, au moment opportun.

Si la déclaration obligatoire et légale était faite dès que le praticien est sûr de son diagnostic, le Bureau d'hygiène agirait en prenant des mesures d'isolement dans la famille, si ces mesures n'étaient pas encore prises, — à l'école surtout, où il ferait désinfecter la place, le banc, le sol, les objets scolaires de l'élève, préviendrait le médecin des crèches, des consultations de nourrissons s'il y a lieu, en un mot ferait de la prophylaxie dans les meilleures conditions possibles.

Au sujet des mesures réclamées par le médecin du bureau d'hygiène enquêteur : désinfection, éviction des frères et sœurs, selon la circulaire Guist'hau du 3 février 1912, etc., il y aurait lieu de savoir à qui en incombe l'application immédiate. Nous estimons que pour éviter des retards préjudiciables à l'intérêt public, retards provenant du temps nécessaire (aller et retour) pour avertir le médecin inspecteur des écoles ou la préfecture, le bureau d'hygiène devrait lui-même donner les ordres que la situation comporte.

En ce qui concerne les rapports du médecin du Bureau d'hygiène avec le médecin inspecteur des écoles, il nous paraît que dès qu'un cas de maladie contagieuse est signalé chez un enfant fréquentant telle classe ou dans la famille d'un instituteur, le Bureau d'hygiène, après enquête, doit faire prendre les mesures de prophylaxie susdites à domicile et à l'école, en avertir le médecin inspecteur, qui, à l'aide des directeurs d'école, ou du bureau d'hygiène, évincera de la classe les voisins, frères, sœurs, s'il y a lieu, et surveillera particulièrement la classe pendant le temps nécessaire.

De la sorte, le médecin inspecteur étant prévenu d'un cas contagieux, de la date de son apparition, pourra délivrer dûment, dans les délais prescrits, le certificat exigible de rentrée en classe.

Quant aux rapports du Bureau d'hygiène avec les médecins praticiens, nous allons les examiner en analysant la fiche d'enquête préfectorale dont on a vu le questionnaire plus haut.

Les fiches d'enquêtes sanitaires. — Ainsi donc le Bureau d'hygiène procédera à une enquête spéciale lorsqu'il aura reçu le bulletin de déclaration du médecin traitant ; il tiendra compte, dans une certaine mesure, de toute déclaration ou plainte verbale ou par écrit des tiers ; il ne s'occupera dans ces enquêtes que des maladies transmissibles signalées dans la circulaire préfectorale, tout en agissant comme il le doit à propos des autres maladies épidémiques : rougeole, coqueluche, etc. Il aura à se préoccuper, avec beaucoup de ménagements, lorsque par le service de la constatation des décès il pourra en avoir connaissance, si le médecin traitant a ou n'a pas déclaré une maladie contagieuse de la série académique.

Nous ne pensons pas, malgré la circulaire préfectorale du 1er août 1908, qu'il sera strictement obligé de signaler un confrère en faute. Si ce confrère est pris en défaut d'une façon indirecte, soit par la force des circonstances, soit par l'hôpital, soit par des particuliers, des familles ou des voisins — ce qui n'est pas rare — il faut bien qu'il sache que le Bureau d'hygiène, qui compte sur sa sagesse, sa soumission aux lois et le bon esprit confraternel, le regrettera sincèrement.

Examinons la fiche. On remarquera tout d'abord qu'un certain nombre de questions posées ont trait à l'état sanitaire des immeubles, ce qui permet à l'enquêteur de signaler les travaux d'assainissement à faire exécuter, et d'établir le casier sanitaire des immeubles.

En relisant cette fiche d'enquête, arrêtons-nous seulement aux questions intéressant les rapports entre les médecins et le Bureau d'hygiène :

. . . .

Si oui, l'isolement est-il suffisant ? — Il est possible de répondre à cette question sans intervenir dans le traitement proprement dit, sans froisser le médecin traitant d'aucune façon ; car, ou bien ce médecin aura adressé le malade à l'hôpital parce que cet isolement ne pouvait s'obtenir à domicile, ou bien il l'aura fait au **mieux** et dans le logement même. Le médecin du Bureau d'hygiène se rendra très bien compte si son confrère a éprouvé de la résistance au sujet de l'envoi à l'hôpital aux fins d'isolement ou à cause de l'impossibilité de donner des soins à domicile, et il n'y aura alors aucun inconvénient à ce qu'il insiste dans le même sens.

Le désinfection en cours de maladie a-t-elle été opérée ? — Question embarrassante. C'est oui ou non. Les mesures ont été bien indiquées et bien exécutées, ou elles sont incomplètes. Dans le doute, il vaut mieux ne pas répondre.

Par qui ? — La réponse dépend de la précédente. On objectera que si le médecin ne répond pas à ces deux questions sur une fiche et qu'il réponde sur une autre, l'administration finira par considérer le silence comme une réponse négative. Nous répondrons que ce ne pourrait être qu'une supposition de la part de l'administration qui d'ailleurs ne demande pas d'éclaircissement, tout en les cherchant par une autre voie.

Adresse de la crèche, de l'école, de l'atelier qu'il fréquente.—Renseignements très importants comme nous l'avons expliqué plus haut. Ils démontrent la nécessité pour les médecins de déclarer le plus tôt possible, dans l'intérêt public ; car dans ces conditions seulement les mesures de prophylaxie peuvent être efficaces.

Nous rappelons cette question en raison de son intérêt, quoiqu'elle n'ait pas trait aux rapports des médecins entre eux.

Y a-t-il des mesures à prescrire ? Lesquelles ? — Les réponses qui concernent la crèche, l'école, l'atelier sont faites dans le sens indiqué d'autre part au sujet des rapports des Bureaux d'hygiène avec les médecins des crèches et des écoles. Le médecin du Bureau d'hygiène signalera les mesures qui ont déjà été prises sur l'initiative et les indications du médecin traitant.

Conclusions.

Tels sont les principaux points à examiner dans les rapports entre médecins praticiens et Bureaux d'hygiène. Ces rapports nous paraissent faciles avec un peu de tact, et ne devoir provoquer aucune tension, dans aucune circonstance. Les tracasseries, les vexations sont toujours faciles, mais si la courtoisie ne devait rester égale des deux côtés, il serait à désirer qu'elle fût toujours du côté du Bureau d'hygiène, qui a besoin du concours, des lumières, des renseignements et de la bonne volonté de tous les médecins, pour pouvoir accomplir sa mission tutélaire

Il serait à désirer aussi qu'à force de ménagements et de bons procédés, les Bureaux d'hygiène arrivent à provoquer l'émulation hygiénique chez les praticiens d'une ville, à obtenir d'eux spontanément les renseignements et les mesures prophylactiques nécessaires, à recueillir leurs desiderata, leurs conseils, à forcer leur bienveillance, à réduire au minimum la question de contrôle, à entretenir ces bons rapports si indispensables à l'agrément de la vie d'abord, et si utiles au développement et au progrès de l'hygiène publique.

Nous avons dit les conditions dans lesquelles nous pensions que cet accord pouvait se faire. Nous n'avons pas la prétention de donner une solution complète et définitive à cette question fort délicate, et nous avons seulement voulu dire franchement ce qu'un peu de pratique nous permettait de penser.

Notre conviction intime et définitive par exemple est que le corps médical pratiquant n'a pas à s'attarder à la recherche de fonctions administratives, comme celle de médecin de Bureau d'hygiène ; qu'il n'y a là aucun débouché véritablement important, et que n'importe quel médecin arriverait vite au désenchantement le plus complet, s'il lui était donné de s'asseoir pendant quelques mois seulement sur un rond de cuir administratif.

Le concours des médecins sera toujours acquis aux pouvoirs publics et aux administrations départementales et municipales à qui il est indispensable ; mais ce concours, honoré comme il convient, peut être accordé et s'exercer sans que le médecin soit nécessairement fonctionnaire.

En attendant une organisation hygiénique complète mais autonome comme en Angleterre, le médecin de Bureau d'hygiène aura à faire triompher l'intérêt collectif contre l'égoïsme personnel, et souvent l'intérêt national contre la petite collectivité communale ; l'intérêt permanent contre l'avantage momentané ; l'intérêt suprême et vital sur les intérêts secondaires même respectables.

Il est vraiment le ministre d'un dogme nouveau, au nom duquel il doit persuader et au besoin imposer des sacrifices, dont le bénéfice n'est ni immédiat ni évident pour le public ignorant. Lourde tâche pour laquelle il lui faut, redisons-le une dernière fois, l'indépendance vis-à-vis des pouvoirs locaux et vis-à-vis du public.

Ajoutons, pour terminer, que le médecin praticien, quel qu'il soit, sans s'attacher au dogme de l'infaillibilité médicale, distinguera en hygiène la science et la pratique, l'art et la théorie.

Le rôle du corps médical est complexe :

D'une part, il crée et perfectionne la science ; il élabore les données certaines d'après lesquelles

les pouvoirs publics légifèrent ; il est le conseil compétent de ces pouvoirs publics ;

Si l'hygiène publique en France est arriérée comparativement à certains pays, ce n'est pas la faute de la science et de la médecine françaises.

D'autre part, il incombe au corps médical d'être l'éducateur du public en fait d'hygiène. Il est inlassable, on le sait, dans cette lutte de chaque jour, que seul il soutient contre la masse énorme des préjugés ataviques. Il est, par zèle pur et par bonne volonté, l'instigateur de l'hygiène privée, seule base sérieuse de l'hygiène publique.

Quant aux règlements d'hygiène publique, règlements qu'il faut bien, pour des raisons de salut national, s'attendre à voir devenir plus rigoureux et plus minutieux, ce n'est pas à lui d'en assumer l'application. Il est impropre à ce rôle, très honorable sans doute, mais qui est assez compliqué et souvent assez délicat pour exiger toute l'activité d'un fonctionnaire assidu et spécialisé, indépendant surtout, en une grande mesure, même de l'administration municipale.

Le médecin et ce fonctionnaire seront donc alliés, mais la confusion des attributions déchaînerait trop de conflits.

Et puis obéissons à la grande loi de la division du travail sans laquelle le progrès serait paralysé.

CLERMONT (OISE). — IMP. DAIX FRÈRES ET THIRON.

DU MÊME AUTEUR

Fréquence des lésions du mamelon et de la mamelle chez les nourrices. *Thèse de Paris*, 1877.

Prompts secours en actions. 1 vol. in-16. Paris, 1900.

Epidémiologie à Ivry de 1877 à 1899. Paris, 1901. 1 vol. in-8°. J. Jouve, éditeur. (Médaille de bronze de l'Académie, 1902).

Feuillets d'hygiène. Paris, 1904, 1 vol. in-8°. J. Jouve, éditeur.

Rapport sur les améliorations à apporter dans les services médicaux et pharmaceutiques des Sociétés de secours mutuels, — à l'Union des Sociétés de secours Mutuels des cantons d'Ivry, Charenton et Saint-Maur-les-Fossés. Paris, 1905.

Recherche et classement des anormaux. Broch. in-8°, 24 pages. Leipzig, 1908. Wilhelm Engelmann, éditeur.

Projet au sujet de la création de caisses de réassurances. Impr. Girardi, Ivry-sur-Seine. Broch. in-12, 8 pages.

Agglomérations nouvelles autour de Paris. Leur origine, leurs conditions hygiéniques. Société d'anthropologie de Paris. Broch. in-8°, 8 pages.

Mémoires d'un bébé d'un an. (Hygiène. Allaitement. Physiologie. Développement des sens et des facultés, etc.). Paris. Jouve, édit., 1906. 1 vol. in-12. (Médaille de bronze de l'Académie de Médecine).

www.ingramcontent.com/pod-product-compliance
Lightning Source LLC
Chambersburg PA
CBHW060858180626
46818CB00004B/1764

* 9 7 8 2 0 1 3 0 0 8 9 8 3 *